KB134226

당신의
무엇이라도
되고 싶습니다

당신의
무엇이라도
되고 싶습니다

초판 1쇄 인쇄일 2023년 12월 20일
초판 1쇄 발행일 2023년 12월 27일

지은이 김리한
펴낸이 양옥매
디자인 송다희 표지혜
교　정 조준경
마케팅 송용호

펴낸곳 도서출판 책과나무
출판등록 제2012-000376
주소 서울특별시 마포구 방울내로 79 이노빌딩 302호
대표전화 02.372.1537　**팩스** 02.372.1538
이메일 booknamu2007@naver.com
홈페이지 www.booknamu.com
ISBN 979-11-6752-407-2 (03800)

당신의
무엇이라도
되고 싶습니다

• 김리한 지음 •

작가의 말

부끄러운 글을 세상에 내보이려 하니
씻지도 않고 누군가를 만나야 하는
기분이다

내 마지막 열정 같은
담장 너머 가지 끝에 매달린
홍시 하나

저 멀리 노을은 붉게 달아올랐고
이젠 돌아갈 수 없는 시간들이
시가 되었다

사랑하는 이와 함께 가을 들판을 거닐다
호숫가 키 작은 꽃들을 보여 주고 싶다

길가에 핀 풀꽃보다 못한 글이지만

여러분에게 보여 드리고 싶은

저의 작은 소망을 너그러운 마음으로

양해해 주시길 바랍니다

그리운 것은 언제나 보이지 않는 곳에 있었다

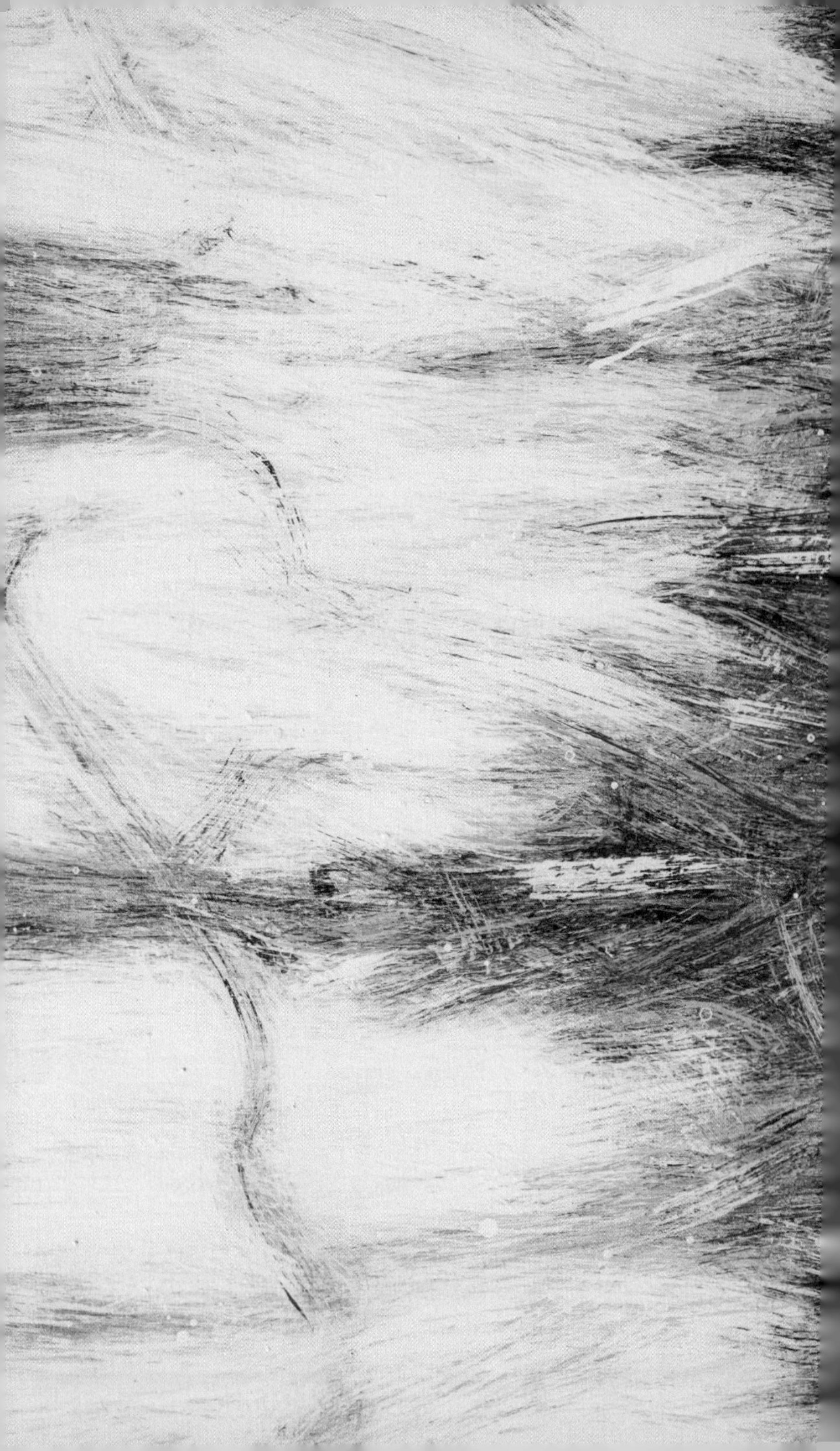

차례

3부

완도 이야기

4부

포기할 수 없는 것들을 위하여

5부

떠날 때는 언제나 가을이었다

6부

문득 돌아보면 시가 있었다

<**Movement 1724**> 60.6x72.7㎝, Acrylic on canvas, 2017

1부

내가 사랑하는 나의 시

화장(火葬)

삶의 경계에는 울음이 있었다

이 세상 첫날은
그냥 스스로 울더니
마지막 순간엔 정작 말이 없고

얼른 나오시라는
울부짖음 뒤로한 채
마른 불꽃 한 사람의 일생을
작은 단지 하나로 바꿔 놓았네

물속에서 태어나
불 속에서 연기로
사라져 가는 길

산마루에 걸린
구름조차 흔들리고
창틈 비집고 들어온 햇살처럼

이제 가슴 깊숙이 자리 잡아
그렇게 뜨거우시면
보내는 마음 어찌하라고

돌아오는 길
하늘도 경계를 넘을 때
붉게 울었다

덕혜 옹주를 만나다

바람이 밀어낸 섬 대마도
시퍼렇게 멍든 바다를
건너온 한 사람

봄꽃 흩뿌려 놓은
조국 산하 눈앞에 두고
멍에 뒤집어쓴 채
소낙비처럼 서 있었을 덕혜 옹주

구름 낀 하늘 가리키는
결혼 봉축 기념비에
마른 이끼가 어둡게 젖어 있다

풀꽃조차 머리를
숙이는데

저 멀리
아픈 노을이 걸리는
그대는 먼 산입니다

섬진강 안단테

이제 달빛을 버리고
가야 할 때라며
강 건너 나룻배가 넌지시
삐거덕거린다

쏟아지는 별빛
물결 위에 찰랑거려
강변 대나무 숲 사이
바람은 조용히 잠을 자고

산 그림자 드리워진 가장자리
자갈들도 소리 없이 젖어
강물은 저 혼자 울고 만다

여태껏 속으로 울지 않고
흐르는 강은 없었다

한 치 앞도 보지 못하면서
자꾸만 뒤돌아보고
다른 곳을 보게 되는지

다시 볼 수 없는 것들은
마음으로 그릴 수 있다지만
아픈 가슴에는 아무것도
그리지 못한다

가을이 곱게 내려앉은 강둑길에
어머니처럼 서 있는
나무 한 그루

가지마다 달빛 걸어 놓고
섬진강은 천천히
산모퉁이를 비켜 갑니다

하동(河東)의 하루

달빛 깊게 배여
쿨럭이던 골짜기마다
어둠 벗겨 내는 하루가 동두렷 눈을 뜬다

밤새 풀잎들 글썽거리게 했던
지리산 골바람이 평사리 들판 가득 채운
아침 안개 밀어 올리면
산새들 쌍계사 범종 소리를 쪼아 먹고

요란하게 소리치며 내닫는 계곡물은
너른 섬진강 이르러서야
수줍은 듯 윤슬로 빛나는 것이라

지난봄 굽이굽이 꽃비 뿌려
화인(花印) 찍었던 화개 십리길
언제까지나 손 흔들어 주실
등 굽은 어머니를 심어 놓았다

<**Movement 1794**> 45.5x53㎝, Acrylic on canvas, 2017

노을도 사람을 그리워한다

– 빼뽀 저수지에서

오늘만은 바람 앞에
서고 싶지 않았다

저문 들판 풀잎들이 누워 있는
이유를 알 수도 없는데
산들은 산끼리 하늘 포개고
이름 모를 산새 소리
빼뽀 저수지 고요를 흔들며
지친 하루를 나뭇가지에 널고 있었다

사람들은 보이지 않았고 칠이 벗겨진 집
꽉 닫힌 창은 소란을 데치며 침묵하고
저 멀리 굵은 소나무 우뚝 서 있기에
더 모진 바람 맞고 있었다

떨어지는 별빛 지킨 건 어둠이었듯
그리운 것은 언제나 보이지 않는 곳에 있었네

마음속 접어 두었던 비밀처럼

들판 가득 차오른 저녁놀은

홀로 걷고 있는 시인의 옷깃을

조용히 붙들고 있었다

내 사랑 완도

달빛이 흔들어 대는 섬 하나
완도대교가 붙들어 놓았다

바람이 눈치채지 못하게
비탈길에 자리 잡은 비석거리
골목마다 고동 소리 들리면
주도 나무들도 마주 보며 웃고 있다

구름에 가려진 상왕봉은 말이 없고
명사십리 백사장 수많은 발자국
파도는 지우고 또 지운다

구계등 몽돌 구르는 소리
해 질 무렵 어디선가 들리던
풍금 소리를 닮았다

빈 배들이 떠 있는 완도항
완도타워 불빛은 구석구석 비추고
노래하는 등대 묵묵히
밤바다를 지키는 사이

아무도 모르게
완도는 달을 건져 올린다

무주 구천동 설야(雪夜)

시간도 멈추는 어느 겨울날
그곳에 하얀 침묵이 있었다

겨울 숲은 무얼 말하려는지
도란도란 설연(雪煙)이 피어나고
어디선가 본 듯한 얼굴들이 지나간다
어쩌면 보고 싶은 얼굴인지도 모르겠다
넘어지지 않으려 비틀대다 뒤돌아보니
줄지어 선 자동차 후미등 붉은빛 사이로
내 그리움이 엉금엉금 기어가고 있었다

눌러쓴 모자에 쌓인 눈이
미끄러져 두 눈으로 들어왔다

오래전 기억들이 글썽인다

골목길엔 가로등이 켜지고
길바닥에 가끔씩 뭔가
툭툭 떨어졌다

구천동은 아무 말이 없는데
나는 왜 아직 하고 싶은
말이 많은지…

<**Movement 2212**> 130.3x97㎝, Acrylic on canvas, 2022

2부

봄보다 먼저
오시는 당신

천수만

그날 바람은
파도를 부르지 않았을 거다

뒤늦게 햇살들은 천수만으로 모여들고
송림 지나 조그맣게 펼쳐진 모래사장에
파도는 자꾸만 기어오른다

부치지 못한 편지처럼
길 잃은 부표는 떠다니고
언덕 위 작은 카페 구석진 곳에
못다 쓴 사연을 남겨 본다

너는 없고 낙서만 남았다

사랑의 운명이 엇갈린 길을
걸어갈 때 떨어지는 것들은
눈물 아닌 게 하나도 없다

시리도록 푸르게 가득 찬 그리움을

이제는 자진 철거해 주십시오

봄바람이 다시 불어오기 전에…

둘이 하나가 되기 위한 기도

– 소영 양 결혼을 축하드리며

봄이 오는 길목에
산수유 먼저 노랗게
글썽거리고 있습니다

꼬막손으로 안아 주며
엄마의 위로가 되었던 작은 새는
이제 자기 둥지를 찾아갑니다

저기 먼 바다로 떠나려
닻을 올리는 어부처럼
설레는 두려움도 밀려옵니다

비바람에도 포기하지 않고
끝내 피고 마는
봄꽃을 닮은 소영

살아가는 모든 순간들이
봄처럼 마음대로 피어나
가장 눈부시게 빛나는
하나가 되소서

꽃비가 내리는 날

봄비로 떨어지는 꽃잎은
마음에 쌓인다

젖은 잎들이 낯선 길바닥에
달라붙어 그리움 묻으면
물안개 되어 다시 피어나고

목적지가 어딘지도 모른 채
길을 나선다

뒤돌아보면 그리워질까
고개조차 돌리지 못하지만
되돌아갈 수 없는 길은
언제나 그립다

그래도 한때는 꽃이었는데…

어느 봄날 꽃잎이
비가 되어 떨어지면
덩달아 하염없이 흘러서

내 마지막은
금방 돌아올 것처럼
그렇게
그냥 떠나가리라

어쩌다 봄꽃

마음속에 뿌리면
무엇이든 그리움으로 자란다

겨우내 얼었던 대지가
얼마나 참았길래
소리 없는 밤비에
봄꽃 뱉었을까

내가 울어서 청춘이
다시 피어날 수 있다면
밤새워 울어 보겠지만

떨어진 꽃잎은
빗물 따라 흘러가 버렸다

어쩌다 봄꽃이 되어
잠시 잠깐 웃다
잊혀져 가지만

이 세상 어디에도
이유 없이 핀 꽃은 없었다
우리 모두는 누군가의 꽃이다

시심(詩心)은

오늘도 빈 노트
펼쳐 놓았습니다

어쩌다 들를지 모르는
말들이 자리가 없다고
그냥 돌아갈까 봐

고개 숙인 아내처럼
가만히 차 한 잔도
옆에 두었습니다

달력에 동그라미 치듯
의미를 주려 했지만

햇살은 아무 허락 없이
창을 열고 들어오는데
그놈의 시심(詩心)은
끝내 들어오지 않고

말없이 먼 산에
봄꽃만 뿌렸습니다

봄볕

온 산에 묻은
겨울 찌꺼기를
털었더니

당신이 계신 어디쯤
아랫목처럼 봄볕이
누웠습니다

이 세상 가장
부드러운 점령군으로

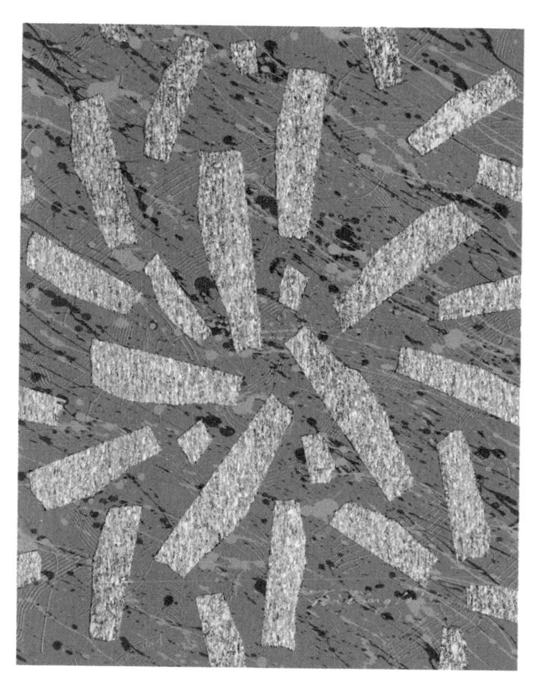

<**Movement 1725**> 60.6x72.7㎝, Acrylic on canvas, 2017

봄 마중

마중을 나가지 않았어도
잘 찾아올 것이라고
믿었습니다

입춘대길이라 써 붙여야 했나
봄이 심술 난 모양이네요
응달진 곳은 아직 빈 가지뿐입니다

미안한 마음으로
벚꽃 하얗게 속살 드러낸
봄 길을 걷다 보면
꽃잎보다 먼저
마음을 내려놓게 됩니다

어느 봄날
문득 사랑이 찾아와
흐려진 내 청춘 다시 피어나고

그래서 봄꽃 다 떨어질 때쯤
나도 그렇게 떨어져 갔으면…

봄은 왜

봄길만
길인 것도 아닌데
걸을 때마다 당신 얼굴이
조금씩 조금씩 피어납니다

그 긴 시간 동안
겨울은 햇볕 굽더니
슬며시 자취를 감추었습니다

불쑥 찾아온 첫사랑처럼
봄의 연애편지가 시작되고

너무 많은 그리움 담아
봄밤조차 흔들리며
달빛을 밟습니다

산다는 건
지루함을 받아들여야
하는 것이라 해 놓고

왜
오래 머물지도 못하면서
해마다 잠자던 산과 들을 깨워
날 흔들어 놓나요

꽃비를 맞으며

– 손정숙 화백 전시회에서

시간을 풀어
화폭에 뿌려 놓았네

오랜 시간
걸어온 뒤
허리 한번 펴고
조용히 들어 본 공명(共鳴)

함께한
지난날들
꺼내고 또 꺼내서
흰 벽에 걸어 보았지만

마음속에

너무 깊숙이 담아

아직 꺼내지 못한 말들

그늘진 자리에서 서성인다

봄밤에 내리는 비

꽃잎 애타게
두드리는
빗소리

눈물 되어
흐르는
그리움

온밤 내내
거리거리
헤매 돌다

그대 향기
실은 바람에
내 마음 흔들리면

혹여

네 목소리 들릴까

가만히 귀 기울이다

너에 젖는다

비 온 뒤 맑은 아침

봄바람

봄볕이 바위 언덕 아래
잔설을 치우고
봄바람은 한숨처럼
숨어든다

한 줄기 빛 속에서
보이는 그대 모습은
개울 따라 흐르는
봄의 교향악

힘겹게 하루하루
버텨 온 날들
봄 꽃망울이
화답을 준비한다

꽃잎 다 떨어지고

초록이 속살 드러낸 뒤에

도착할 하늬바람도

당신만을 감싸고 돌 겁니다

꽃잎 떨어지는

겨울 그림자
지우는 봄비
꽃잎 떨구고

언제까지
그대로일 것 같았던
날들 다 지나고

도무지 알 수 없는
속내 감춘 봄밤에

꽃 그늘진 자리
달빛만 기다리듯

시들어 가는 내 영혼
당신에게 필요한
유일한 하나가
나였으면

거리의 꽃

그 거리에
달을 기다리는
꽃들이 있다

산들바람 불어
방긋 피어난
동그란 얼굴

꽃그늘
비껴간 자리
그대 볼 수 없어
고개 숙이는

봄밤 한가운데서
안타까운 속내를
감춘다

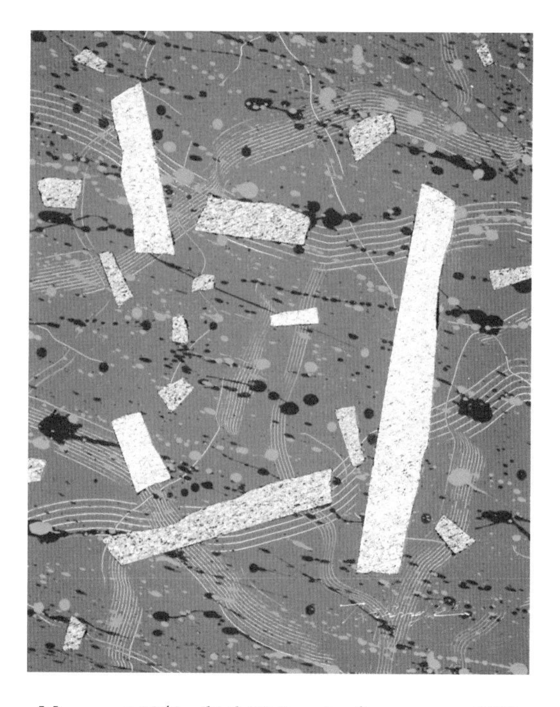

<Movement 1843> 60.6x72.7㎝, Acrylic on canvas, 2018

<**Movement 1728**> 37.9x45.5㎝, Acrylic on canvas, 2017

3부

완도 이야기

비 내리는 완도항

떨어져 간 봄꽃들에게
할 말이 많았다

기별도 없이 찾아와서
지 맘대로 울렁거리다
시린 푸르름만 남겨 놓고
느닷없이 가 버렸다

끝없이 침묵하던
완도항이 이제서야 눈물을 흘린다

간간이 들려오던
새소리도 비에 젖고
정박 중인 고깃배들마저
말없이 젖어 가고 있는데

어느 카페엔 음악이 흐르고
인적 끊어진 골목길에
무심한 비가 여전히 내리고 있다

완도항은 잠들지 않는다

완도항 밤거리 위로
그리운 얼굴 하나 떠 있다
별빛들은 밤바다를 거닐고
가로등 불빛 사이로 어둠이 숨어든다

수많은 이별과 만남을 지켜보았던
여객선 터미널에 고요가 흐른다
비릿한 내음이 잠시 잠깐
스쳐 지나간다

답답한 마음에
작은 배 엔진 소리
높여 보지만

네가 없는 이 밤
완도항은 잠들지 못하고
지울 수 없는 기억처럼
등댓불만 깜빡거리고 있다

집

– 오래된 서정

집들도 외로워 모여 살았다

집들이 말을 하던 때가 있었다
이른 아침이나 저녁 무렵
안개나 연기로 말을 걸어왔다

가끔 젖니 가는 아이가
빠진 이를 지붕으로 던지면
둥근 보름달을 걸어 두었다

언제부턴가 집들이
더 이상 말을 하지 않고
처마 밑에 둥지 틀던 제비도
더 이상 돌아오지 않는다

사랑이 떠난 자리
새벽별도 사라졌는데

허물어져 가는 돌담 사이로
세월은 빼곡히 박혀 있고
깨진 그릇 하나 나뒹구는 마당에
우연(雨煙)만 소곤거리고 있다

청산도에 노을이 지는 이유

마음 둘 곳 없는 이들이
모여드는 곳

청산도에 어부들이 돌아오는 시간
바다는 뒷배경에 노을을 그리고
갈매기도 파도 소리와 함께
연주를 시작한다

빨간 등대가 보이는 선착장에서
그리운 이름들을 불러 보지만
비탈길 옆으로 늘어선 오래된 집들이
주섬주섬 노을을 걷어 내고 있었다

너를 외면하고자 하니
너무 붉게 달아올랐고
가슴에 담아 두고자 하니
너무 아프다

범바위 산자락에

노을은 조용히 어둠을 벗어 놓는다

어떤 동네 이야기

– 해남 옥매 광산을 다녀와서

그 바다는 알고 있었을까

한반도 남쪽 끝자락
굳게 입을 닫은 마을이 하나 있다

해무 무성한 어느 날
일제가 마을 장정들을 옥매산으로 끌고 가
바위를 깨고 굴을 뚫는 일을 시켰다

그것도 모자라 산마다
쇠못도 깊숙이 박았다

제주도에 해안포를 설치한다고
또다시 옥매산 광부들을 데려가
강제 노동을 시켰다

광복이 되어 고향으로 돌아오는 길
배가 불타서 바다로 뛰어들 수밖에 없었고
지나가던 일본 군함은 구조를 하다
구조된 일본인이 다 조선 사람이라 하니
그냥 버려두고 가 버렸단다

그런 연유로 남쪽 바다는
언제나 시퍼렇게 멍들어 있었구나

무심한 갈매기도 돌아오는데

비가 내리는
백열여덟 분 희생 광부 추모비 앞에서
소중한 이름 하나하나
불러 봅니다

완도는 어머니다

서망산 넘어온 하늬바람
완도항 부둣가 맴돌다
완도타워가 노을에 붉게
물들 때까지 기다린다

늙은 어부를 닮은 고깃배
흔들리며 침묵하고
주도(珠島) 고요한 상록수림도
가만히 지켜보고 있다

누군가 부르는 소리에
뒤돌아보니
저 멀리 신지 대교 아래
무심한 갈매기만 날고 있네

뭉게구름 머리에 이고
우뚝 서 있는 상왕봉

완도에는 길이 걸어가고 있다
길이 된 어머니가 걷고 있다
내 뜨거운 가슴속에
언제나 당신이 걸어가고 있다

완도지교(莞島之交)

다도해 가장자리
동그랗게 웃고 있는 섬 하나 있다

안개에 가려 보이지 않을 때면
섬들이 찾아온다

완도를 찾는 건
섬만이 아니었다

먼 파도가 무시로 찾아와
떼를 써도 아무 말이 없는
부둣가 방파제

갈매기가 날든 말든
연락선이야 떠나든 말든
그저 바라보고 있는 완도항

저 멀리 노을이 걸리면
빙그레 미소 짓는 완도
그 섬의 일부가 되어 가는
내 마지막 청춘이 붉게 익어 가고 있다

남도 밥상

남도 밥상에는 거시기가 있다

완도항으로 들어오던
제주발 카페리호 마스트 위로
허기진 노을이 걸리는 시간

때마침 손수레 끌고 오시는
1004호 할머니 얼굴에도
노을이 지고 있었다

가져오신 보따리에서 자꾸자꾸
할머니 투박한 손맛들이 쏟아져 나온다

머시든지 잘 무거야제

두툼하게 썰어 놓은

돼지고기 수육 한 쌈 싸서

입에 넣기도 전

뜨뜻한 거시기 목구멍을 타고 넘어가

나는 그만 뚝배기 장국에

눈물 한 방울 떨어뜨리고 말았다

어느 가을날

창을 열지도 않았는데
나뭇잎 아침 햇살 흔들고
가지 끝에 남은 내 열정 같은
홍시 하나 달려 있다

서망산 너머 하늬바람 불어와
노래하는 등대 앞을 지나는
고깃배 고동 소리 정답다

오래된 집 우편함엔
소인이 희미하게 찍혀 있는
하얀 편지 봉투가 꽂혀 있다

골목길 입구 깨진 화분 하나
흙은 메말라 있어도
꽃잎이 아직 시들지 않았다

들길에 피어 있는 억새풀 사이
아무리 노을을 가득 채워도
가을은 아파야만 하는 건가

들꽃

내가 네 이름을 알지 못한다고

결코 네가 예쁘지 않다는 건 아니다

<Movement 1842> 60.6x72.7㎝, Acrylic on canvas, 2018

<**Movement 1729**> 37.9x45.5㎝, Acrylic on canvas, 2017

4부

포기할 수 없는 것들을 위하여

기차 여행

어느 밤
목적지도 없이 기차를 탔다

옆자리엔 이미
누군가 앉아 있었고
다들 쳐다보고 있는 가운데
여행은 그렇게 시작되었다
마치 내가 태어나던 날처럼

밤비가 빈 어둠을 적시자
사람들은 침묵했고
기차도 울지 않았다

드문드문 내리는 사람의 뒷모습에
이상하게 가슴이 저렸다

처음부터 목적지는 달랐지만
모두 비슷한 모습으로
타고 내렸다

기차는 어디까지 가려고
저토록 달리는 것일까
스치는 풍경을 보여 주려는 것일까

삶도 죽기 위해 사는 건
아닐 텐데

어디에서 내려야 하는지
아직 몰라 헤매고 있는 사이

인적 끊어진 간이역 벤치 위로
눈물 어린 밤하늘이
조용히 내려앉고 있었다

잃어버린 것에 대한 소고(小考)

얼룩진 유리창
늘어진 블라인드 사이로
힘없이 매달린 낡은 스카치테이프처럼
오래된 것들은 저 혼자서도 흔들립니다

간다는 기별도 없이
해오라기는 떠나 버렸고
빈 둥지만이 아무도 없는 겨울 숲에서
노을을 기다립니다

폐선 위에 찢겨진 어망처럼
구겨져 버린 내 청춘의 그림자
바람이라도 불었더라면…

노을이 지기도 전에
언덕 위 작은 카페 난간마다
노란 전구가 켜집니다

잃어버린 것들은 문득문득
가슴 깊숙한 곳에 그리움이라는 흉터를
오래도록 남깁니다

시월애(詩越愛) 카페

길을 나선다는 건
가슴을 여는 일이다
흩날리는 눈발은 내 마음 이끌어
시월애 카페에 들어선다
방파제를 뛰어넘지 못한 파도가 울부짖고
작은 다리가 놓여 있는
소나무 숲 가만히 흔들려도
음악 소리 따라 스며든 커피 향은
조용히 속삭이며 멍든 가슴 어루만진다
아무래도 어찌할 수 없는
시간만 흐르고
너 없는 그 바닷가에
해무만 자욱하다

<Movement 1723> 72.7x90.9㎝, Acrylic on canvas, 2017

사랑은 일기(日記)처럼

사랑은 일기처럼
그날그날 써야 한다

사소한 마음 하나
허튼 생각조차
빼지 말고

보고 싶은 마음 한 줄
어찌할 수 없는 아픔도 한 줄

떨어지는 꽃잎 따라
흔들리는 마음
문득 피어난 물안개도
그려야 한다

뭔가를 기다린다는 건
마음을 말리는 일

지친 마음에 먼 길 나섰다
기억이 가물가물해지면
그때 다시 꺼내 볼 이야기
꼼꼼하게 써 놓아야 한다

낡은 유리창에라도
당신 얼굴을 그릴 수 있도록

너에게로 가는 길

그립고 가슴 뜨거워지는
그대 이름 불러 봅니다

얼마나 많은 고개를 넘었는지
몇 굽이를 돌았는지
생각나지 않습니다
오직 당신이 계신 그곳으로
걷고 또 걸었습니다

비뚤어진 길에 안개가 끼여
당신은 보이지 않았고
나는 지쳤습니다

지쳐 쓰러져 갈 무렵
어디서 아득한 소리가 들려
문득 돌아보니

당신이 내 머리 위에
별처럼 빛나고 있었던 겁니다

어떤 판결문

사랑은 무죄 추정이 원칙입니다만

이룰 수 없는 사랑이라도

사랑하지 않은 죄

유죄입니다

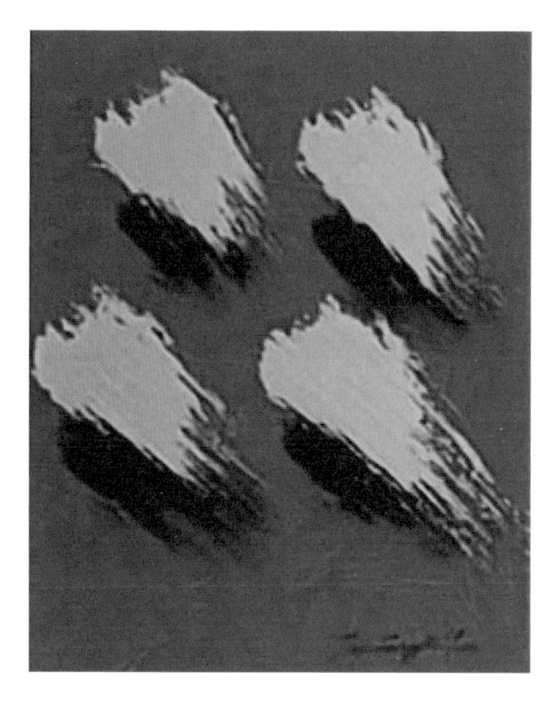

<**Movement 1960**> 55x45.5㎝, Acrylic on canvas, 2019

희망과 실제

어느 할머니의 손전화
저장 번호 순서

1번 맏아들
2번 장손
3번 작은 손자
4번 둘째 아들
5번 셋째 딸
6번 막내딸
7번 큰 며느리
8번 둘째 며느리
9번 맏사위
0번 김 영감

그러나 언제나

손전화를 울리는 건

1번도 2번도 3번도 아닌

요양 보호사뿐이었다

포기할 수 없는 인생

길을 가다 보면
걸리는 돌부리
하나쯤 있기 마련

넘어지더라도
여행길은
가슴 뛰는 일

꽃도 바람에
이파리 떨구면서
피어나고

나무도 눈보라에
가지가 꺾인다 해도
꼿꼿하다

쓰지 않은 인생
어디 있고
아프지 않은 사랑
어디 있을까

고통 속에 있어도
그저 포기할 수 없는
삶일 뿐이다

비가 오는 아침

새벽부터
비가 내리는 날

들풀처럼
비를 맞는다

밤사이
빗소리에
꽃잎 떨어지고

떨어진 것은
꽃잎인데
아픈 것은
내 마음이었다

세상 모든 것이

비에 젖어도

추위를 느끼는 것은

나 자신이었다

비 내리는 길

흙탕물이 흐르기 전에
나는 몰랐다
어제가 맑은 물이었다는 것을

구부러진 길 하나
가로수 위로 비의 터널
바람 따라 그리운 마음
흩뿌려 물안개 짙어 가고

욕실 바닥 때를 벗겨 내듯
시간의 흔적을 지워 봐도
발자국마다
물은 다시 고이고

빗속에서
젖은 얼굴로

뒤돌아보는 길은
언제나 그리운 길이었다

오래된 육교

이젠 쓸모없어졌다고
가로등이 수군댄다

무엇이나 된 듯
당당하기까지 했는데

어쩌다
버티고만 있는 것 같아
괜스레 미안해지면

가끔 불어오는 바람
그나마 매달려 있는 현수막을
잡도리한다

벌어진 틈 비집고 나온
풀포기를 발견하기 전에는
얼마나 낡아 가고 있는지도
모른 채

누군가를 돕는 거라 여겼지만
힘든 이에게 계단 오르라는
강요가 아니었을까

삶은
그저 죽음과 죽음 사이
간격 메우는 일인 것을

느닷없이 찾아와
지 맘대로 울렁거리다
사라지는 봄처럼

아무 데나 가게 내버려 두지…

뚜벅이의 하루

목적지도 없이
온종일 거리를
떠돌던 바람
얼룩진 창 너머
노란 전구 흔들어
취기 깨우면
젊은 날 꿈들
불빛 속에 숨어
짧아진 시간을 탓한다

갈 곳이 있어서
길 나선 것은 아니지만

오늘도
묵묵히 걷고 있다

강둑길

강둑길을 걸으며
건너편을 본다
발아래 풀잎은
보지도 못하고

걸어가야 할 길보다
자꾸 다른 방향을
보게 된다

수변 공원 옆
낡은 집 담벼락에
노을빛이 쓰러지고 있었다

낡은 집이 허물어져 가듯
추억이 쓰러져 간다

아시아나 항공

흩어진 점들
하나하나 모아
새로운 길 열고

낯설고 거친 땅
마주 오는 바람 헤치며
힘차게 나아가는
색동 날개

고국의 그림자도
반갑던 시간
봄볕처럼 내려앉아

엄마가
아기 눈 맞추듯
포근하게 맞아 주는

내가 사랑할 수밖에
없는 그 이름
아시아나

아무 말

종교가 달라도 괜찮아요
이념이 달라도 괜찮아요
피부색이 달라도 괜찮아요
언어가 달라도 괜찮아요
사랑은 다르면 안 됩니다

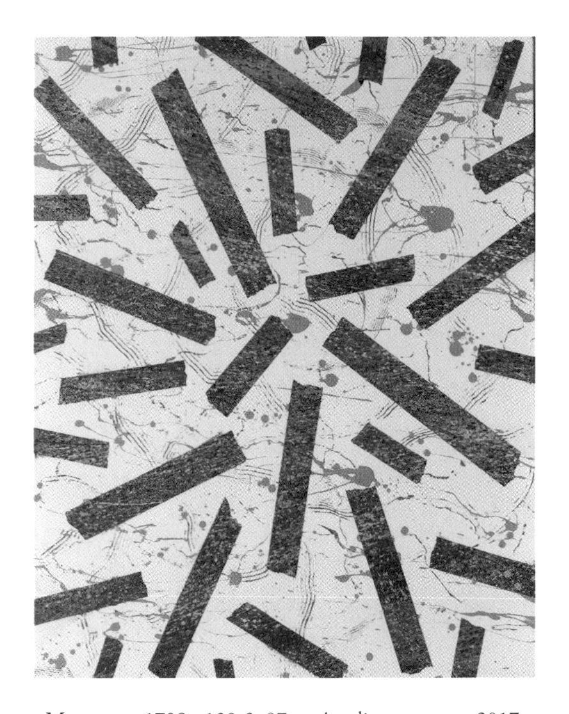

<**Movement 1708**> 130.3x97㎝, Acrylic on canvas, 2017

그래도 웃어요

사람이 그립다는 건
당신이 그립다는 말이었습니다

허전한 가슴은
당신이 눈앞에 없다는 말

기억조차 얼어붙을 겨울밤
따스한 온기보다 더 간절했던
당신의 다정한 음성

바람은 시퍼런 달빛 휘둘러
부러진 가지 흔드는데
울컥대는 당신 생각 되삼키며
막차 타고 집으로 돌아가는 길
그림자 더 길어지고

당신 없는 빈자리
너무 많은 그리움 채워
불쑥 눈물이 터집니다

하지만 당신을 그리워할 수 있는
시간이 아직 남아 있어
살아갈 수 있는 겁니다

그래도 웃어요

삶이란

노선도조차 없는
버스를 타고
이정표도 없는 길을
목적지도 모르고
달려가는 것

내릴 때쯤 되어서야
그때 제대로 볼걸
후회하게 되는 것

사진

사진들도 오래 두면 말을 한다

심지어 마음을 흔들어 놓기까지 한다

사진 속에 화석이 된 그리움을 소환해 본다

바다 굴집

천수만 갯바람이 지나는 길목
아늑한 집 하나 있다

어디선가 들려오는 갈매기 소리
다정하게 창을 두드린다

숯불 위엔 안주인 손맛과
정이 가득 담긴
굴찜이 익어 가고

햇살은 파동 위에 잘게 부서져
술도 마시지 않았는데
노을은 이미 붉게
취하고 말았다

열대야

적도의 밤을 옮겨 놓았다

별도 잠 못드는 시각
문득 우물가에서
어머니가 부어 주시던 등물 한 바가지

여름밤의 정적을 깨는
모기 소리 할머니 부채질에
사그라들었다

문득 지난날들이
밤바다를 건너는 해풍처럼 스치고
땀 흘리는 현실이 눈을 뜬다

에어컨을 켜고 다시 돌아누워도
어머니가 해 주시던 등목과
할머니 부채질이 그리워지는 밤이다

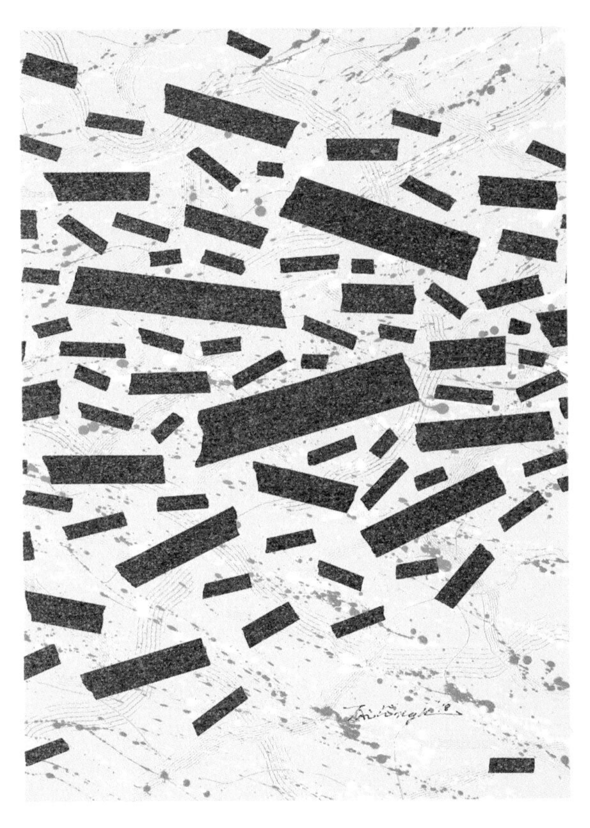

<**Movement 1804**> 97x130.3㎝, Acrylic on canvas, 2018

5부

떠날 때는 언제나
가을이었다

바람의 그림자

애써 숨긴 마음
바람에게
들켜 버렸습니다

기다리지
말라는 말씀
그냥 버릴 수 없어

낙엽들이 비처럼
내리는 거리에
웅크린 그리움

아무리 애원해 봐도
시간은 길을 떠나겠지요

후미진 골목길

떠돌던 달빛

바람의 그림자를

가만히 지웁니다

둘이 함께 빛나는 날에

– 이남호 군과 이혜진 양 결혼을 축하드리며

여기 별바라기 꽃
둘이 피었습니다

바람 앞에 서지 않고서
피는 꽃은 없었고
이슬에 젖지 않고서
걸어갈 수 있는 길은 없었습니다

저녁노을이 걸릴 때까지
산새들도 얼마나 울었는지
모릅니다

별은 언제나 같이 빛났고
섬들도 외로워 모여 살았습니다

흔들리며 피어난 코스모스
사랑하기에 함께 모여서 삽니다
사랑보다 강한 고난은 없습니다

이제 아팠던 기억은
모두 항아리에 담아 두고
설레는 마음 동반자 삼아
꿈꾸는 여행자가 되어
이정표도 없는 여행길을
함께 떠나소서

오래오래
서로가 서로를 비춰 주는
별이 되소서

단풍

한여름 뜨거운 햇살
세상은 온통 지쳐 늘어지고
그늘조차 바래져 갈 때

남몰래 태양을 훔쳐 먹지 않고서
너 혼자 붉어졌을 리가 없다

나도 모르게
가을이 내 마음 다 먹어 버린 것이
틀림없을 거다
그렇지 않고서야
네 앞에서 이렇게 흔들릴 리가 없다

<Movement 1915> 97x130.3㎝, Acrylic on canvas, 2019

화인(花人)

– 친구 상천에게 바치는 시

꽃이 피어나던 어느 봄날
너도 피었고 우린 함께
피었던 것 같다

더운 여름날
시원한 바람처럼
밝게 웃어 주던 너였지

너의 힘들었던 시간을
함께하지 못해 너무 아픈데
위로의 말 한마디도
건네지 못한 이 죄스러움을
어찌할까나…
무심한 친구들이 미안해할까 봐
그것조차 그리움으로 바꿔 놓고
가 버리십니까

돌아오지 마라

그대 돌아오지 마라

이렇게 아픈 가슴에

다시는 돌아오지 말아라

가을 들길에 꽃이 될

나의 친구 상천아

화인(花人)아…

서호의 가을

노을이 떠난 자리
어둠 속에도
가을은 스며들었다

빛바랜 나뭇잎
드문드문 밟혀
생각은 길어져 간다

흔들리는 잔물결 위로
어떤 얼굴 떠다니고
호숫길에 풀벌레 소리
가득하다

그대 떠난 들판
아무리 채운들
가을은 풍요로운 빈곤

이래도

다시 또 올 거냐고

가을에게 물어본다

가을은 저 혼자 아프다

또다시 그리움이다

열병처럼 지나간 여름
흔들리며 주저하던 들판도
고개를 숙인다

터져 버린 산등성이
바람 막힌 숲길에
빨갛게
노랗게
상처가 남아

저녁노을 속으로
새파란 푸념 던지다
두 팔 벌린 허수아비

아무리 채워도
결국 비워야 할 것을

돌아온 가을이
억새풀 사이에서
혼자 울고 있다

가을

가을엔 나를 흔드는
뭔가가 도처에 깔려 있다

바람 붙잡는 나뭇잎부터
햇빛 잘게 썰어 버리는 물결
노랗게 내려앉은 들판까지
온 산하 구석구석 스며든다

이유 없이 흔드는 게
어디 가을뿐이겠냐만
노을조차 가을이면
더 붉게 타오른다

어느 가을 한복판에 문득 서서
내 시 한 줄로 널 흔들어 버릴 거야
그렇게 할 수 없다 해도
너만 모르게 말도 없이
아주 떠나 버리고 말 거야

가을비

어둑어둑 비가 내려
가을이 익어 가는 저녁

당신 생각도
한 잎 두 잎 떨어집니다

<**Movement 1797**> 45.5x53㎝, Acrylic on canvas, 2017

노란 약속

– 노란꽃잔치에 부쳐

가을 햇살 곱게 뿌리는 날
누군가를 기다려야만
할 것 같은 황룡강변

잊을 수 없는 것들은
다 꽃으로 피어나

노랗게 흔들리는 그리움이 있다

서삼교를 지나온 바람
장미 터널에 이르자
어수선한 평온 속에서
노을을 기다린다

기다림이란 마음속에
그리움을 쌓아 가는 것

노란색은 언제까지나…

색이 바래도 노란색

노란 약속은

반드시 돌아온다는 그리움이다

남당항

바람도 어두워진 포구
가을비 가만히
가로등 적셔

품바 장단은
풍력 발전기
날개를 돌린다

내미는 손에도
돌아서는 구름

목이 쉰
뱃고동 소리가
배웅한다

누군가 만날 것 같은

비 오는 남당항

갈매기가 날아오른다

신세만 지고 갑니다

푸르름이 걷히고 난 뒤
제대로 길이 보였습니다

태어날 때 몸뚱어리부터
봄볕까지 어느 것 하나
신세 지지 않은 것이 없습니다
문득 내 발길에 짓눌린 벌레 한 마리도
뚝 따 버린 꽃잎도
서산에 걸린 노을조차
신세 많이 졌습니다

가을은
그리움이라는 흉터만
새겨 놓고 갑니다

눈배웅

기다림은 마음을 말리는 것

서랍 속에 차곡차곡 넣어
자물쇠로 잠글 수 있다면
그리움 한 칸
미움도 한 칸
어찌할 수 없는 추억도 한 칸

노을이 지는 부두에서
눈배웅으로 가을을 보내고 있다

여름과 가을 사이

작은 바람에도
바스락 노래 부르는
갈대

개천 길 따라
붉은 가로등
온기를 넣어 주고

정이 그리운 사람들
하나둘 모여

구름 사이에
별은 잠들고
바람만 계절의 선을
넘는다

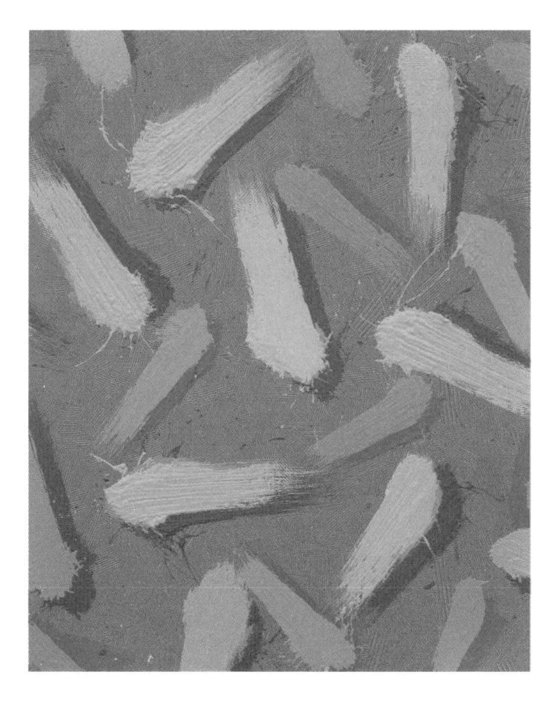

<**Movement 2115**> 116.8×116.8㎝, Acrylic on canvas, 2021

<Movement 1722> 72.7x90.9㎝, Acrylic on canvas, 2017

6부

문득 돌아보면
시가 있었다

예당호

산들이 모여 호수에 발을 담그면
그리움처럼 구름도 떠다니고
건너편 양지바른 언덕에
수많은 생각들이 동그랗게 피었다

잔물결 밀려드는 호숫가 키 작은 나무들
가벼운 바람에도 그렇게 흔들리더니
낙엽이 지고 나서야 네 속살 보이네

한때는 꽃이었는데
앙상한 가지만 드러낸 내 청춘을
남겨 두고 온 예당호

언제나 그 자리에 푸르게 박혀 있는
널 떠올리지 못한다 해서
널 잊은 건 아니다

집으로 돌아가는 길
노을은 끈질기게 따라오고 있었다

그 아픈 시간은 타지도 않았다

– 고 민현식 동문 의로운 죽음을 기리며

지난밤 어느 미련한 바람이 떨구었나
아무도 보지 않았는데
꽃잎은 떨어졌습니다

모든 바람에 맞서다
끝내 어둠 속으로 쓰러졌습니다
그 아픔 덜어 드릴 수 있다면
당신의 무엇이라도 되고 싶습니다

내 청춘 뭉개 버렸던
그 시간만 타지 않았고
무심하게 또 다른 하루를 지웁니다

어둡고 구석진 자리에도 눈 내리듯
눈이 올 것 같다는 일기예보처럼
그대 환하게 내렸으면

멍이 된 그을린 자국 하나하나
전부 덮었으면

숨 막혀 끝내 못다 한 그 말
'의에 죽고 참에 살자'

더 뜨거워진 가슴
그대 아픈 이름 담았더니
다시는 꺼지지 않을 별이 되었습니다
이 세상 가장 빛나는 별이…

낯선 거리에
홀로 선 겨울이다

나를 떠난 먼 곳에서
뒹구는 생각

울긋불긋 피어난
나뭇잎조차 다 떨어져

흰 눈 덮였다고
산이 바뀐 것은 아닌데
내 얼굴 주름졌다고
내 마음이 달라진 건 아니다

종착지도 모르는 길
지나가는 바람이
말을 건네는 시간

하루가 적당히 젖어

노을빛 흩어지면

그리움의 무게는

낯선 거리에 홀로 선 겨울이다

내 삶의
별책 부록을 찾은 날

바람도 기댈 곳 없어
흩어지던 어느 날

흑백사진 속의
얼굴들이 하나둘
모여든다

고장 난 기억장치가
겨우 재생해 낸 이야기
주머니 속에서 꺼내
정겹게 나눈다

산양삼주 향기
시간마저 되돌려
마음은 다시 청춘

오래된 책방에서

기대보다 더 재미있는

별책 부록을 발견한 날이다

흑석동에 가면

– 80년대 학번 동문회 정기모임에 부쳐

우리 젊은 날 기억들
드문드문 떨어지는
흑석동 골목길

동네 강아지 짖어 대고
졸고 있던 별빛마저
기웃거린다

약간 멋쩍은 분위기
불그스레한 넉살로
털어 버리고
무거운 체면 따위
낡은 슬레이트 지붕 위에
던져 버렸다

너와 나
선후배가 아닌
그냥 동문이라는
한마음

다시 볼 수 없을 것 같던
그날이 숯불 화로에서
지글지글 불타고 있었다

해바라기 카페

찾아 줄 이 없어도
누군가를 기다려야만 할 것 같은
카페 구석진 자리

뒤뜰에
떨어지는 그늘 속으로
바람은 숨어들고

아픔 가득 가시로 뿜어낸
선인장 화분 하나
창틀을 지킨다

네가 돌아오기 전에
연기는 다시 피어올라
마당 가득 메울지도 모른다

다시 불러 보는

그리움의 또 다른 이름

해바라기 카페

창

옛날 창호지 문
쪽유리창에 비친
별빛 바라보다

마실 나온
옆집 할머니
잰걸음도 보고

마당에 달이 뜬 밤은
상상 속 세계로
떠다녔다

지금은 손전화에도 있는
Window를 통해
세상을 보지만

너무 친절히
많은 걸 보여 줘서
내 상상은 할 것이 없다

눈을 감고
온갖 것을 떠올리던
유년의 기억

동화 속 세계
주인공 같았던
그 쪽유리창이 그립다

우리콩 감자탕에는
시(詩)가 들어 있다

나무들도 혼자 서는 것은 아니었다
추운 겨울이 단단하게 붙들고
있는 줄 몰랐다

나무 하나 온전히 돌보지 못했던
마음이지만 기다렸던 봄
마침내 감자탕에 피어난다

청도에서 힘겹게 올라온
미나리로 한 구절 더하고
지난 세월 고스란히
갈아 넣은 육수에
정 하나 뚝 따서 고명으로 얹으면

미각 테러의 마침표

피곤한 하루를 지우며

시(詩)가 맛있게 끓고 있다

우리 모두
동문이라는 꽃이다

꽃이 산과 들에만
피는 것은 아니다

봄의 한가운데
가장 푸르렀던 기억을
공유한 얼굴들
오래된 흑백 사진 속에서
걸어 나온다

지나쳐 버린 것은
왜 이리 아픈지

시간이 익으면 추억 되고
생각이 익으면 사랑 될까

모습은 다 달라도
우린 동문이라는 하나의 꽃

동해 바다
어떤 이 소망 담은 대게
양평 맑은 계곡
넉넉한 산양삼은
덤이다

우리콩 감자탕 끓어서
길 건너 모퉁이 담장 위로
붉은 노을 토해 낼 때

우리 모두는
함께 피어나고 있었다

외로워서 사람은 죽는다

철없던 소년의 머리에
어느새 하얀 꽃이 피었고

홍조 띤 얼굴에 잔주름만
퇴색한 기억 속에서
미소 짓는다

별빛도 숨어 버려
고요한 적막

노래 반주기 소리 따라
흐르는 그 시절 그리움
지나간 것은 언제나 그립다

마음은 아직 그대로인데

앞으로 또 가야 할 길이
얼마 남았는지 몰라도
행복한 동행이 있어
외롭지는 않다

외로워서 사람은 죽는다

시는 아직 오지 않았다

너를 만나려
구부러진 통로
온갖 잡동사니 훑으며
강의실로 들어간다

주머니 속에
꼬깃꼬깃 접어 둔
감정의 쪼가리 꺼내

펄떡펄떡 뛰는 언어들과
잘 버무려 보지만
조리법을 다시 또
잊었다

어렵다는 말
의자에 기대어 한숨만
시는 아직 들어오지도
않았는데

매직펜

꽉 다문 입술이
언제나 파랗다
꼭 필요할 때 입을 열어도
떠들지는 않는다
불평을 하거나
원망도 못 하지만
자랑스럽게 여기지 않는다
그래도 쉽게 지워지지 않을
내 이야기는 쓰고 싶다

<**Movement 1798**> 45.5x53㎝, Acrylic on canvas, 2017

만두는 정(情)이다

김이 모락모락 나는
만두 가게를
그냥 지나치긴 어렵다

문득 함박눈이 내릴 때나
으슬으슬 비가 내려
따뜻한 온기가 그리울 때
불현듯 가족들이 보고 싶어
귀가를 서두르다

저절로 발걸음 멈춘다

촉촉하게 행복을 찌고 있는
최원준 만두 가게 앞에서

꿈을 담아
정성으로 빚은
만두는 맛있게 익어 가고

사람들은 마음속에
따뜻한 정(情) 하나
조용히 담고 있다

동문이라는 인연

교정을 떠나
험난했던 여행길에서
다 잊은 줄 알았는데

추억의 조각들
하나둘 들고
동문 마당에 모였다

서로 기억할 수 없다는 것은
아무 일도 아니었다
하늘이 정해 준
이미 약속된 우연
동문이라는 인연

선배라는 이름으로
눈마중을 하고
후배라는 이름으로
눈배웅을 했다

돌아오는 길
별빛은 더 곱게
내 어깨에 내려앉았다

꿈손

– 장애인 단기 보호 센터

꽃에게 언제 피냐고
물어본 적 없지만

아무도 모르게
여기 꽃이 피어 있네

따뜻한 별빛들만 모아
꿈손이라 새겼더니
오래된 집 꽃밭 되었고

제 몸 하나 가누기도
힘들어 보이는 가로등 불빛
조용히 정원을 감싸고 있다

혼자 피어났더라도
벌과 나비 도움 없이
스스로 열매 맺기 어려운 일

약하고 어린 꽃잎 어루만져
튼실한 열매로 만드는
꿈손 선생님들 손길
봄나비처럼 하늘거린다

구멍가게

골목 어귀
아이들의 웃음소리
피어나는 곳

대포 한잔 걸친 뒷집 아저씨
목 내밀고 걸죽한 입담 풀어
옆집 아지매가 새초롬하다

허기진 삶들이
지친 몸 달래려 들르고
불량식품이 뭔지도 모르는
철부지들 정체불명 과자에
침 삼키는 소리

배고프고 추운 날
온돌방 아궁이 같은
정이 있던 자리

이제는 돌아갈 수 없지만
그래도 시간이 익으니
추억이 되는구나

오늘은 구멍가게에서
눈깔사탕이라도
사고 싶은 밤이다

고철

도대체 어찌 된 일인가
그렇게 단단했는데
무엇이든 깡그리 부숴 버리던
기세는 어디로 갔나

튼실한 열매도 때가 되면
떨어지고

속은 아직 멀쩡한데
거죽은 녹슬어 가고 있다

어느 뒷골목에서
내 젊음이 철사처럼 아무렇게나
구겨지고 있다

발문

방랑의 언어, 너머의 언어

최영욱(시인, 전 박경리문학관장)

살아 있는 몸이 시를 쓴다. 여기저기 기웃거리면 쓴다. 밖을 보고 내 몸을 들여다보면서 깊게 쓰기도 하지만, 저쪽에 놓인 경계를 가까이 당겨 끌어와 화엄을 쓰기도 한다. 하여 김리한의 시는 몸 안에 있는 듯 또는 몸 바깥에서 맴돌기도 하는 것일 터이다. 시인은 시적 공간을 옮겼다. 아니, 넓혔다고 해야 맞는 말이다. 시인이 처한 지역적 공간이 그렇고 심적 공간 또한 그러하다. 사물과 인간을 대하는 따스한 시선이 그렇고, 시인이 거주하는 또는 거주하였던 곳에 대한 애증이 그러하고, 삶의 경계 너머에서 시인을 바라보고 있을 사랑했던 사람들에게로 보내는 시선도 그러하다. 그리하여 경계를 경계하는 것인지도 모를 일이다.

삶의 경계에는 울음이 있었다

이 세상 첫날은
그냥 스스로 울더니
마지막 순간엔 정작 말이 없고

얼른 나오시라는
울부짖음 뒤로한 채
마른 불꽃 한 사람의 일생을
작은 단지 하나로 바꿔 놓았네

물속에서 태어나
불 속에서 연기로
사라져 가는 길

산마루에 걸린
구름조차 흔들리고
창틈 비집고 들어온 햇살처럼

이제 가슴 깊숙이 자리 잡아
그렇게 뜨거우시면

보내는 마음 어찌하라고

돌아오는 길
하늘도 경계를 넘을 때
붉게 울었다

_「화장(火葬)」 전문

"삶의 경계에는 울음이 있었다" 태어남과 죽음의 경계, 태어날 때는 "그냥 스스로 울"고 죽음은 남들이 울어 준다. 하여 "정작 말이 없"다. 모든 죽음은 '자연현상'이라지만 홀로 자식 곁을 지킨 어머니의 죽음 앞에서 시인은 망연하다. 어둠이 걷히면 새벽이 오듯이 시간 위에 시간이 겹쳐 가뭇하지만 끝내 잊히지 않는 마지막 어머니의 무게를 기억하고 있다. "작은 단지 하나로 바뀐" 어머니를 안고 "붉게 울"던 시인을 본다. 정(情)이 많고 가슴이 뜨거운 김리한의 또 다른 형태의 사모곡이다.

달빛 깊게 배여
쿨럭이던 골짜기마다
어둠 벗겨 내는 하루가 동두렷 눈을 뜬다

밤새 풀잎들 글썽거리게 했던
지리산 골바람이 평사리 들판 가득 채운
아침 안개 밀어 올리면
산새들 쌍계사 범종 소리를 쪼아 먹고

요란하게 소리치며 내닫는 계곡물은
너른 섬진강 이르러서야
수줍은 듯 윤슬로 빛나는 것이라

지난봄 굽이굽이 꽃비 뿌려
화인(花印) 찍었던 화개 십리길
언제까지나 손 흔들어 주실
등 굽은 어머니를 심어 놓았다

_「하동(河東)의 하루」 전문

평사리는 하나의 문장이다. 소설 『토지』의 약 600만 자가 스며 있는 큰 문장이다. 한(恨)과 해한(解恨)의 들판이다. 시인은 평사리에 자주 들렀다. 하여 "밤새 풀잎들 글썽거리게 했던 / 지리산 골바람이 평사리 들판 가득 채운 / 아침 안개 밀어 올리면 / 산새들 쌍계사 범종 소리를 쪼아 먹"는 거룩한 모습도 보았을 터이다. 박경리 선생의 문학적 업적을 기리는 〈토지문학제〉가 열리는 가을이면 어김없이 시인은 평사리로 왔다. 혼자 또는 단체를 이끌고서. 어머니의 산 지리산 아래 평사리가 있고, 섬진강이 있고 시인이 들러 "굽이굽이 꽃비 뿌려 / 화인(花印) 찍었던 화개 십리길 / 언제까지나 손 흔들어 주실 / 등 굽은 어머니를 심어 놓았다" 가을, 겨울 지나 "지난봄"에 찾은 섬진강은 어머니의 웃음 같은 윤슬이 마구마구 피어 시인의 여린 가슴을 흔들어 놨던 모양이다.

온 산에 묻은
겨울 찌꺼기를
털었더니

당신이 계신 어디쯤
아랫목처럼 봄볕이
누웠습니다

이 세상 가장
부드러운 점령군으로

_「봄볕」 전문

봄볕은 곤혹스럽다. 봄의 형상은 색으로도 오고 헛것으로도 온다. 흔히 우리는 죽으면 '산으로 간다'고 말한다. 볕 좋은 곳 골라 봉분을 만들고 절을 하고 울음을 우는 것도 산. 하여 산으로 간다는 것은 죽음의 또 다른 말일 터. 시인은 "온 산에 묻은 / 겨울 찌꺼기를 / 털었더니 // 당신이 계신 어디쯤 / 아랫목처럼 봄볕이 / 누웠습니다." "봄볕"이 시인을 옛집이거나, 옛집의 안방이거나 혹은 아버님, 어머님의 산소이거나 - 혼곤한 그리움에 빠져들어 '당신'을 호출한다. 여기에서 굳이 '당신'은 똑 부러지게 누군가가 아니어도 좋다. 시인이 그리워하며 호명할 수 있는 누구라도 좋을 것이다. "봄볕"이 지닌 스펙트럼은 무궁무진할 것이기 때문이다.

서망산 넘어온 하늬바람
완도항 부둣가 맴돌다
완도타워가 노을에 붉게
물들 때까지 기다린다

늙은 어부를 닮은 고깃배
흔들리며 침묵하고
주도(珠島) 고요한 상록수림도

가만히 지켜보고 있다

(중략)

뭉게구름 머리에 이고
우뚝 서 있는 상왕봉

완도에는 길이 걸어가고 있다
길이 된 어머니가 걷고 있다
내 뜨거운 가슴속에
언제나 당신이 걸어가고 있다

_「완도는 어머니다」 부분

작품의 태생들을 짚어 가다 보면 그것들에는 알레고리가 있다. 작품들에 스며 있는 시인의 지형적 위치와 생태적 모습이 보이기 때문이다. 몇 해 전인가부터 시인은 자신의 삶터를 전남 완도로 옮겼다. 생존을 위한 이사인지, 또 다른 이유가 있는지는 모르겠다. 시인의 완도 생활은 아마도 '낯설음과 익숙하지 않음'의 연속일 것이다. 허나 풍경과 풍속, 지역과 사람을 낯익게 하고 익숙하게 하여 시인의 내면을 풍요롭게 만들어 자신이 살고 있는 완도를 노래하고 있다. "완도에는 길이 걸어가고 있다 / 길이 된 어머니가 걷고 있다 / 내 뜨거운 가슴속에 / 언제나 당신이 걸어가고 있다"고 한다. 완도(莞島) 풀과 나무가 무성해 마치 왕골풀 같다고 하여 완도라고도 하고 또는 조은섬, 즉 빙그레 웃는 섬이다 하여 완도라고 부른다고 한다. 시인에게 완도는 "길"이다. 그 길을 "어머니"와 함께 걷고 싶고 "당신"과 함께 걷고 싶은 완도에 시인이 있다.

남도 밥상에는 거시기가 있다

완도항으로 들어오던
제주발 카페리호 마스트 위로
허기진 노을이 걸리는 시간

때마침 손수레 끌고 오시는
1004호 할머니 얼굴에도
노을이 지고 있었다

가져오신 보따리에서 자꾸자꾸

할머니 투박한 손맛들이 쏟아져 나온다

머시든지 잘 무거야제

두툼하게 썰어 놓은
돼지고기 수육 한 쌈 싸서
입에 넣기도 전
뜨뜻한 거시기 목구멍을 타고 넘어가
나는 그만 뚝배기 장국에
눈물 한 방울 떨어뜨리고 말았다

_「남도 밥상」 전문

김리한의 시는 기억의 시다. 정(情)의 끈이 긴 시인이다. 살아 계시는 어머님을 몸으로 기억하는 시인이다. “가져오신 보따리에서 자꾸자꾸 / 할머니 투박한 손맛들이 쏟아져 나온다 // 머시든지 잘 무거야제” 이웃해 사는 할머니에게서 어머님을 읽는다. 이는 어쩔 수 없다. 몸이 기억하니 말이다. 낯선 땅에서 낯선 이웃으로부터 뜨거운 마음을 받는다. 남도의 손맛과 더불어 챙김을 받는 시인은 그만 “뚝배기 장국에 / 눈물 한 방울 떨어뜨리고 말았다”고 고백하고 만다. 이 또한 어쩔 수 없는 고백일진대, 눈물 한 방울의 의미는 깊고 깊어서 시인의 내면을 온전히 읽어 내기엔 위태롭다.

푸르름이 걷히고 난 뒤
제대로 길이 보였습니다

태어날 때 몸뚱어리부터
봄볕까지 어느 것 하나
신세 지지 않은 것이 없습니다
문득 내 발길에 짓눌린 벌레 한 마리도
뚝 따 버린 꽃잎도
서산에 걸린 노을조차
신세 많이 졌습니다

가을은
그리움이라는 흉터만
새겨 놓고 갑니다

_「신세만 지고 갑니다」 전문

신세(身世) – 남에 도움을 받거나 폐를 끼치는 일 - 의 사전적 정의는 차치하더라도 "신세 많이 졌습니다"라고 하는 말, 얼마나 염치(廉恥) 있는 말인가. 봄볕, 벌레, 꽃잎, 노을과 그리움이라는 흉터 - 상징적이고 연약한 것들에게까지 시인은 "신세만 지고" 있다. 신세만 지고 있는 시인의 마음이 선해 아름답고, 염치가 있어 더욱 좋다. 결이 고운 시인만이 쓸 수 있는 작품이다.

너를 만나려
구부러진 통로
온갖 잡동사니 훑으며
강의실로 들어간다

주머니 속에
꼬깃꼬깃 접어 둔
감정의 쪼가리 꺼내

펄떡펄떡 뛰는 언어들과
잘 버무려 보지만
조리법을 다시 잊었다

어렵다는 말
의자에 기대어 한숨만
시는 아직 들어오지도
않았는데

_「시는 아직 오지 않았다」 전문

길을 걷다 받아 적고, 자동차를 잠시 세우고 받아 적고, 오늘 고생했다며 환한 얼굴로 마무리하는 저녁놀에 또 받아 적고선 시인은 시창작 강의실에 들어서지만 좀처럼 시는 오지 않는다. "주머니 속에 / 꼬깃꼬깃 접어 둔 / 감정의 쪼가리를 꺼내"고 생각을 다잡아 봐도 "펄떡펄떡 뛰는 언어들과 / 잘 버무려 보지만 / 조리법을 다시 잊"고 마는 시인은 난감하다. 세상의 모든 시인들이 겪고 있는 원고지 앞의 현실을 시인도 겪고 있는 것이다. 언어의 조합, 문장의 구성 사회성이나 역사성 앞에서 원고지는 그저 여백일 뿐이다.

시인은 혼자서 세상을 뚜벅뚜벅 걸어가는 존재이다. 혼자서 걷는다는 것은 모든 것을 홀로 감당해 내야 한다는 것일 터. "흙탕물이" 되기 전 "어제는 맑은 물이었다는 것

나는 몰랐다"고 진술하는 시인의 반성, "숨 막혀 끝내 못다 한 그 말 '의에 죽고 참에 살자'"며 회고하는 친구의 의로운 죽음, 이 모두가 여린 심정에 반듯함을 지닌 결 고운 시인만이 읊을 수 있는 작품들이다. 이상 잘 차려진 남도의 밥상 같은 김리한의 시편들을 살펴보았다. 도덕적 날카로움과 심연 깊은 시선, 인정미 넘치는 시편들이 독자들을 편안하게 할 것이다. 이제 거처를 완도로 옮겨 생의 후반부를 시작하는 시인의 건투를 빈다.